U0068103

繪本 356

SEL 繪本 〉自我覺察篇 〉

三個橘色的點

文．圖｜張筱琦

責任編輯｜張佑旭　美術設計｜王慧雯　行銷企劃｜張家綺、高嘉吟
天下雜誌群創辦人｜殷允芃　董事長兼執行長｜何琦瑜

媒體暨產品事業群
總經理｜游玉雪　副總經理｜林彥傑　總編輯｜林欣靜　行銷總監｜林育菁
資深主編｜蔡忠琦　版權主任｜何晨瑋、黃微真
出版者｜親子天下股份有限公司　地址｜台北市 104 建國北路一段 96 號 4 樓
電話｜（02）2509-2800　傳真｜（02）2509-2462　網址｜www.parenting.com.tw
讀者服務專線｜（02）2662-0332　週一～週五：09:00~17:30
傳真｜（02）2662-6048　客服信箱｜parenting@cw.com.tw
法律顧問｜台英國際商務法律事務所．羅明通律師
製版印刷｜中原造像股份有限公司
總經銷｜大和圖書有限公司　電話：（02）8990-2588

出版日期｜2024 年 3 月第一版第一次印行
定價｜350 元　書號｜BKKP0356P　ISBN｜978-626-305-705-0（精裝）

訂購服務
親子天下 Shopping｜shopping.parenting.com.tw
海外．大量訂購｜parenting@cw.com.tw
書香花園｜台北市建國北路二段 6 巷 11 號　電話（02）2506-1635
劃撥帳號｜50331356　親子天下股份有限公司

國家圖書館出版品預行編目 (CIP) 資料

三個橘色的點 / 張筱琦文.圖. -- 第一版. -- 臺北市
: 親子天下股份有限公司, 2024.03
36面 ; 19X26公分. -- (繪本 ; 356P)
(SEL繪本. 自我覺察篇)
ISBN 978-626-305-705-0(精裝)

863.599　113001120

立即購買 >
親子天下 Education · Parenting Family Lifestyle　親子天下 Shopping
親子天下 有聲故事書

三個橘色的點
文圖．張筱琦

忘記從什麼時候開始，
我的後面一直跟著
三個橘色的點。

我以為睡了一覺起來，
就會沒事了。

可是三個橘色的點還在。

往前走了一陣子，

小河邊有人用網子在撈魚。

他不小心撈走了一個橘色的點。

我好高興。

我決定轉過身去，

對著剩下的兩個橘色的點，

大吼大叫。

這樣可以趕走它們嗎？

我惡狠狠的吃了
很多橘子，
還故意不剝皮。

這樣可以嚇跑它們嗎？

我把自己

藏起來。

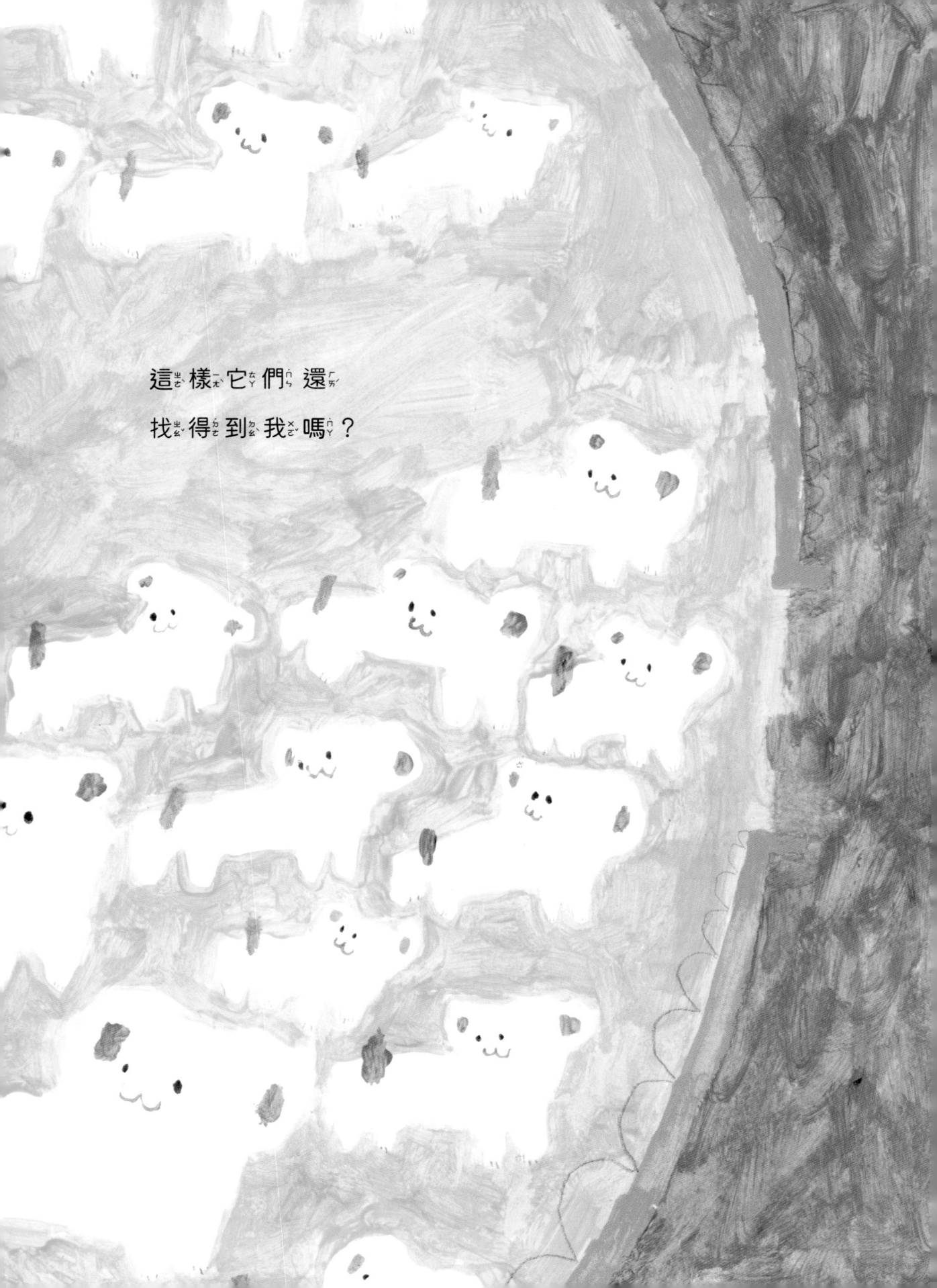

這樣它們還

找得到我嗎？

啊ㄚ！如ㄖㄨˊ果ㄍㄨㄛˇ戴ㄉㄞˋ上ㄕㄤˋ帽ㄇㄠˋ子ㄗˇ呢ㄋㄜ？

帽子店裡有好多帽子。

頭髮很少的老闆

得搬好幾張椅子

才能幫我拿到我最喜歡

的那一頂帽子。

我什麼都看不到，

感覺好多了。

戴上帽子真是個好辦法！

咦？

怎麼有這麼多車子？

我拚命閃過一輛又一輛的車子，

不停的前進。

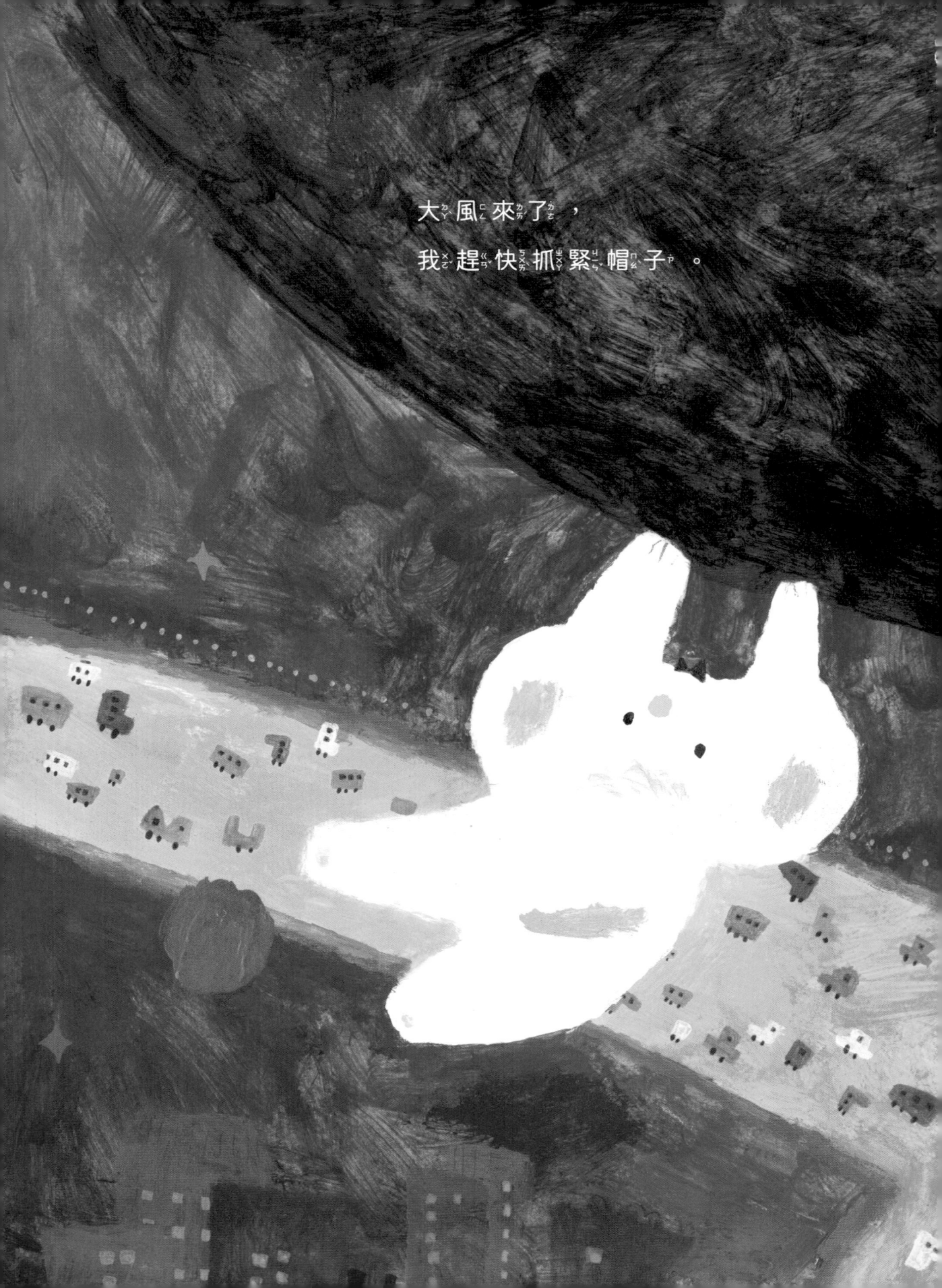

大風來了，

我趕快抓緊帽子。

咦?! 太好了，

現在後面只剩下

一個橘色的點了。

我家附近那隻有禮貌的大狗

打了一個大哈欠。

橘色的點都不見了！

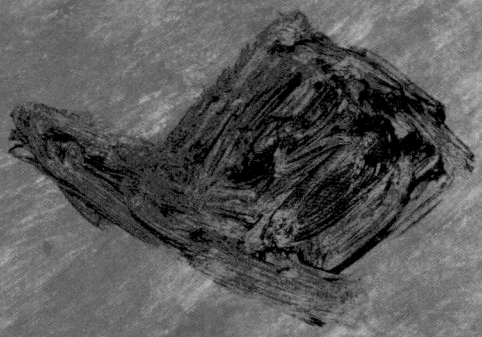

啊，終於到家了。

會不會也有人需要這頂帽子呢？